나의 하루를 산책하는 중입니다

나의 하루를 산책하는 중입니다

헤매던 생각이 모여 내 삶에 스며드는 시간

댄싱스네일 글·그림

웅진 지식하우스

매일 산책하듯
✳ 살고 싶다

매일 약속 시간에 늦은 사람처럼 하루를 보낸다.
이 나이면 어느 정도 이루었어야 한다고들 하는
성취에 계속 도달하지 못하는 느낌.
시간이 갈수록 시간이 주는 압박감이 불어나는
무한궤도에 갇힌 기분.
누구도 강요한 적 없는 목표를 향해
매일 허덕이며 달려보지만 나는 매일 늦는다.

어제도 오늘도 시간이 없다고 말하며
시간을 다 보내버렸다.

올해는 처음으로 새해 계획을 세우지 않았다.
어느 때보다 계획대로 되는 일이 없다고 느꼈고
전혀 예상치 못했던 일들의 혼돈 속에서
내가 할 수 있는 건 그저 기다림뿐이었기에.
아이러니하게도 시간이 해결해 주기를 바랄 수밖에.

시간이 해결해 준다는 말을 생각해 봤다.
우리는 한 번에 몇 가지 대상에만 온전히
집중할 수 있어서 시간이 지나 생각과 마음의 방에

또 다른 대상이 들어오면 그전에 어떤 힘든 일이
있었던 크게 애쓰지 않고도 잊어버리게 된다.
마음이 포화 상태가 되지 않고 유지할 수 있는
걱정의 총량에는 어차피 한계가 있다는 것.
그렇기에 그저 나를 기다려주는 것만으로도
많은 것을 해결할 수 있다.

나를 충분히 기다려주지 못하고
여유를 잊어버렸던 날들을 돌아본다.

이제는 무리한 계획이나 목표를 향한 채찍질 대신
가고자 하는 방향과 꾸준함을 잃지 않도록
걱정과 불안에 삼켜지지 않도록

다정한 마음으로 나를 돕고 싶다.

그리하여 계획대로 되지 않은 날도
계획대로 착착 이룬 날도
모두 다 나의 세계의 확장이라 여기며
산책하듯 가볍게 하루를 시작할 수 있는
우리가 되길 바라며.

Chapter 01.

나를 미워하는 게 가장 쉬웠던 건 아닐까

"생각이 많아질 때마다 몸을 움직여 밖으로 나갔다."

모두에게 착한 사람 말고 행복한 사람이 되고 싶어

"내가 옳다고 믿어줄 단 몇 사람이면 충분하니까."

나만의 속도로 오늘을 살아간다

"나에게 필요한 건 나를 기다려 주는 일이었다."

나를 미워하는 게 가장 쉬웠던 건 아닐까

"생각이 많아질 때마다 몸을 움직여 밖으로 나갔다."

시간이 없다는
말

✳

인터넷 쇼핑으로 가스경보기를 구입했다.

동봉된 가스경보기의 설명서는 영어로 쓰여 있었다.

한글로 쓰인 설명을 보려면 가스경보기를 구입한

사이트 내 구매 페이지를 찾아봐야 했다.

귀찮았다.

대신 가스 밸브 잠그는 걸 신경 쓰면 되겠지.

당장 달지 않는다고 큰일 나겠어?

한 달이 지났고, 여전히 설치하지 않은

가스경보기가 눈에 거슬려서 박스째
싱크대 맨 아래 서랍에 처박아 두었다.

그렇게 또 6개월이 지났다.
시간이 나면 달아야지 하고 식탁 위로 꺼내 둔다.

한 달이 더 지났다. 설치할 시간은 없는데
해야 할 과제처럼 덩그러니 놓인
가스경보기가 무지 신경 쓰인다.
이쯤이면 가스경보기 자체가 신경 쓰여서
가스 밸브를 잠가야 한다는 사실을 상기시키니
가스경보기를 달 필요가 없어진 것 같다.
다시 서랍 행이다.

그렇게 6개월이 더 흘렀다.
나는 드디어 시간이 생겨서 가스경보기를 구입했던
사이트의 상세 페이지에 들어갔다.
가스경보기를 박스에서 꺼내고
찬찬히 설명을 숙지한 후 건전지를 넣고

사용 방법에 따라 설치하는데
3분이 채 걸리지 않았다. 헛웃음이 나왔다.
3분이면 할 일인데 1년이나 걸리다니!

시간이 없다는 말에 대해 생각한다.
다른 것은 할 시간이 있지만
'그건' 할 시간이 없다는 말.
다른 사람을 볼 시간은 있지만
'그 사람'을 볼 시간은 없다는 말.
무언가를 위해, 누군가를 위해 지금 당장은
시간을 내고 싶지 않다는 말.

시간이 없다는 말.

불안하고 냉소적인 사람의
인생에서 가장 중요한 두 가지는…

하나, 생각을 줄이고 몸을
쓰는 시간을 늘릴 것.

둘, 하루를 채우는 많은 일
사이사이에 여유와 낭만이
끼어들 틈을 내어줄 것.

행복이라 불리는 상태에
더 가까워지는 방법.

감정의 스위치
off

✳

내향형인 나는 사람이 많은 곳에서
유독 긴장을 많이 하는 편이다.
지하철을 타거나 쇼핑을 한다거나 하는
일상적 상황에서도 남들의 시선을
의식해 경직될 때가 있다.
화려하게 치장하고 밖에 나온 날에는
'너무 과하게 꾸민 것처럼 보이면 어쩌지'
하고 걱정하기도 하고,
추레하게 하고 밖에 나왔을 때는

'누가 날 구질구질해 보인다고 생각하면 어쩌지'
하면서 신경을 쓴다.

반면 가족이나 친한 친구처럼 익숙한 사람들
앞에서는 내 진짜 모습을 편히 내비친다.
이런 성격의 장점은 내 사람 앞에서의 편안한 모습이
반전 매력이 되어 뜻하지 않은 호감을 살 수 있다는 것!
그런 한편 가까운 사람(특히 가족들) 앞에서만
농축된 감정이 한 번에 터져 곤란할 때도 있다.

특히 친밀한 사이에서 갈등은
감정의 진폭이 더 크기에
나쁜 기분이 다른 곳까지 전염되어
일이나 인간관계에 악영향을 끼칠까 두려워
화나는 기분을 억지로 누르기도 한다.

느끼고 싶지 않아서 피해버린 그 감정이
결국은 나를 집어삼킬지도 모른다는 걸 잘 안다.
언젠가는 직면해야 하는 감정이라는 것도 안다.

그런데도 때로는 거대한 감정의 파도를
잠깐 비껴가고 싶은 날이 있다.

그런 날에는 '똑딱!' 하고
마음속 감정의 스위치를 잠시 꺼둔다.

잠깐 나쁜 감정이 들더라도
그 기분 때문에 세상이 무너지지는 않는다.
정말 그럴 것 같은 기분이 들더라도
기분은 기분일 뿐이다.

오늘은 일단 푹 자고
내일 새로운 감정의 스위치를 켜자.
그렇게 하루하루 새로운 날을 살아 나가자.

나쁜 기분이 들더라도
다시 괜찮아질 거라는 생각.

감정은 순간이고
삶은 계속된다는 믿음.

버거운 감정을
묻어두는 날.

괜찮아지면 다시 꺼내볼 수 있겠지.

사랑받고 싶어서
그런가 보다

＊

글을 쓰고 그림을 그리면서, 그리고 그것을
세상 밖에 내어놓기 시작하면서
내가 모르던 나에 대해 알게 된다.

그림이 따뜻하다는 다정한 평을 종종 듣는다.
에세이 독자의 후기 중에는
'문체가 소란스럽지 않아서 좋다',
'담담하지만 따뜻하다' 같은 말들이 좋아서
마음에 새겨두었다.

평소의 나는 그와 반대로 매우 소란스럽다.

아침저녁으로 기분이 널뛰기 일쑤이며,

불안하면 극단적인 생각에 휩싸이기도 한다.

나의 내면은 말 그대로 늘 소란스럽다.

그래서 미성숙한 행동들을 생활에서 털어내고

생각정리가 다 되고 나서야 글을 쓴다.

우울한 상상들은 다른 사람들에게

받아들여질 수 있을 정도의 다정한 색을

입혀서 세상에 내놓는다.

다행히도 사람들은 담담한 글과

따뜻한 색을 통해 나를 봐준다.

내가 가진 모든 면을 다 드러내고 싶지는 않다.

사랑받고 싶은가 보다, 이렇게도.

나는 나를 잘 안다고
생각했다.

삶을 바라보는
내 생각과 가치관이
절대 변하지 않을 줄 알았다.

자신을 충분히 안다고 믿는 건
얼마나 큰 오만인지.

나는 어쩌면 나를 잘 모를 수도 있다.

돈이 없을 때
제일 슬픈 것

*

어릴 때부터 아끼는 게 몸에 밴 데다가
물욕도 별로 없는 편이라
다행히 벌이가 시원치 않을 때도
일상이 크게 불편하지는 않았다.

더 비싼 가방이 없는 것,
더 좋은 집이 없는 것 같은
소유물의 결핍이
나를 불행하게 하지는 않았으니까.

다만 남의 집에 갈 때는
빈손으로 가는 거 아니라고 배웠고,
주변에 인색하면 안 된다고 배웠기에
그럴 여력이 없을 때 잘못 살고 있는 것 같았다.

돈이 없으면 제일 슬픈 건
마음마저 가난해지는 것이다.

오랜만에 만난 친구와
밥 한 끼 먹는데도 인색해지는 나.
마음을 표현할 선물 금액대를 보며
들었다 놨다 하는 내가 가장 슬프다.

돈을 조금씩 벌게 된 이후로 가장 좋은 점은
사랑하는 사람들에게 적어도
인색해지지 않을 수 있다는 것이다.

'인간은 왜 일을 해야 할까?' 같은 물음이
철학적 사유로 깊어지려는 찰나 뇌인다.

왜긴 왜야. 좋아하는 사람과 밥 한 끼
맛있게 먹으려고 일하지.

나를 사랑한다는 건 포기하지 않고
내가 지금 할 수 있는 일을 하는 거예요.

하고 싶은 일로 먹고살려면

하기 싫은 일도 해야 한다네.

심지어 프리랜서라도…!

하기 싫은 일로 인해
더 이상 고통받지 않는
유일한 방법은

시작하라, 나여!

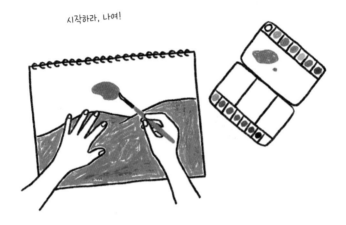

그것을
최대한 빨리 시작하는 것뿐이다.

가장 가까운 사람 때문에
가장 힘들었다

✳

자주 연락하지는 않지만, 가끔 만나도
깊은 마음을 주고받는 사이가 있다.
반면 자주 만나지만 집에 돌아오는 길에
마음 한편이 헛헛한 사이도 있다.

나에게는 만남이나 연락의 횟수보다
얼마나 깊은 속사정을 공유할 수 있는지가
친밀한 정도를 가르는 기준이 되었다.
그래서 은연중에 마음속으로

더 친한 사이와 덜 친한 사이를 나눠 선을 그었다.

더 친한 사람에게는 더 많이 기대했다.
공감도 이해도 배려도.
나 자신만큼 나를 알아주길 바랐다.

덜 친한 사람에게는 오히려 실망할 일이 없었다.
애초가 기대한 게 없었으니까.
아이러니하게도 그렇게 어느 정도의
거리를 두던 관계들이 때로는
마음을 편하게 해주기도 했다.

친하다는 게 뭘까.
때로는 가장 친밀하게 느끼는 존재들이
우리를 가장 힘들게 하기도 한다.
친밀하다고 해서 늘 마음의 안정을
줄 수 있는 건 아닌가 보다.

어쩌면 우리가 살면서 스치는 대부분의

관계가 시절 인연일지 모른다.
그러니 우리 너무 큰 기대로
서로를 힘들게 하지 않으며
그저 옆에 있어 줄 수 있는
그런 사이가 되어주자.

그 사람이 나에게 왜 그랬을까 하는
생각에 너무 빠져들지 말아요.

사람에게 무언가
원하는 게 있을 때는

그 사람이
어떤 세계에 살고 있는지부터
생각하는 게 좋다.

내가 원하는 것만 말할 게 아니라

상대가 원하는 것을 먼저 주고,
그다음 내가 원하는 것을 말하라.

사랑은

아무나 하나

*

소위 '결혼 적령기'에 가까운 나이가 되면서

느꼈던 가장 힘들었던 감정은 이런 것이다.

스스로 동의한 적 없지만 마치 불문율 같은

시간제한이 있는 과업이라는 것.

대학입시나 취업 같은 통과의례는

내가 어디를 가고 싶은지, 가고 싶지 않은지

최소한의 선택지가 있기라도 했지.

내 삶의 방식을 송두리째 바꿀지 모를

중대한 결정이기에 고민할 시간이 충분히 필요했는데,
내가 결혼제도와 출산에 동의하든 말든
사회적 결혼 적령기와 신체적 가임기의 시계가
째깍째깍 멋대로 돌아가고 있었다.
선택한 적도 없는 기회를 박탈당한 기분이었다.

게다가 결혼을 할지 말지 선택하기까지의
연애 과정 또한 지난하다.
결혼 적령기에서 너무 벗어나기 전에 쫓기듯
호감이 느껴지고 성격이 맞는 사람을 찾아
감정 소모를 하는 과정이 선행되어야 하는 것이다.
이러니 시작부터 내려놓고 싶은 사람들이
많아지는 게 놀랍지도 않다.

그런데 결혼에 대한 이런 내 생각을 털어놓으면
대체로 이상한 사람 취급하거나
생각이 너무 많고 까다롭다고 한다.
내가 어떤 지점에서 심리적 어려움을 느끼는지
그 서사를 정확히 이해하고 있는 게

오직 나 자신뿐이라는 것.

누구에게도 공감받지 못하고

같은 생각을 나눌 수 없다는 게

솔로라는 사실 자체보다 나를 외롭게 했다.

어느 유행가 노랫말이 떠오르는 밤이다.

"사랑은 아무나 하나~,

어느 누가 쉽다고 했나~."

〈가짜 힘들 때〉

정제된 언어로 다른 사람들에게

힘들다고 징징대기.

〈진짜 힘들 때〉

털어놓는다고 해결되는 것도 아니고.
위로받는 것도 잠깐일 뿐이야.

정말 아무에게도 내 마음을

말할 수 없는 상태.

마음의 크기가
서로 달라서

✳

시간이 지날수록 깊어지는 관계를 좋아한다.
수년을 알아도 어느 시점에서 우리 사이에
마음의 선이 그어져 있다는 것을 알게 되었을 때
더 이상 관계를 유지해야 할 의미를 찾지 못한다.

마음의 크기가 서로 달라 어렵다.
상대가 처한 상황을 깊이 공감할 수 없어 어렵다.
겉만 핥는 관계에 시간과 에너지를 쓰느라
진짜 챙겨야 할 사람들에게 충분한

관심을 두지 못하는 것은 아닐까.

이렇게도 생각해 보고 저렇게도 생각해 보지만
뚜렷한 해답도 없이 자꾸만 신경 쓰이는 마음.

익숙함이 고맙고 소중한 것들을
자꾸 잊게 만들지도 몰라요.

오늘도 SNS에는 온통
나를 봐달라고 외치는 사람들로
가득한데

정작 상대를 진짜로 보고 있는
사람이 있을까.

아무도 서로를 보지 않으면서
모두가 자기를 보라고만 하네.

점심밥과
퇴근의 상관관계

✳

프리랜서 소득으로는 생계가 막막해

몇 달간 작은 회사에 다녔을 때의 일이다.

사회생활이라고는 몇 번의 아르바이트와

짧은 인턴 경험이 전부였기에

같이 밥을 먹고 싶지 않은 사람들과 강제로

겸상을 하면서 식당 선택의 자유마저 잃는 일은

매일 반복해도 적응이 잘 되지 않았다.

대표의 취향에 메뉴를 맞추는 일이야 그렇다 쳐도

상사들과의 의미도 재미도 없는 대화가

정말 견디기 어려웠다.

내향인인 나는 대부분의 사회적 상황에서
누군가 대화 주제를 먼저 꺼내주는 것을
꽤 고마워함에도 불구하고
상사의 사돈의 팔촌의 취업 소식 자랑이라거나
'라테는…'으로 시작하는 온갖 사담을 듣다 보면
이런 생각이 들 뿐이었다.
'대체 내가 왜 이걸 알아야 합니까, 왜?'

우리가 나누었던 대부분의 말들은 대화라기보다는
그들의 일방적인 '말 토해내기'에 가까웠는데
이럴 거면 월급에 억지 리액션 수당 같은 게
있어야 하는 거 아닌가 싶었다.

나에게 출근이란 내 시간을 팔아 돈을 버는 일이었다.
그러니 내 시간의 판매가 종료되는 6시 00분에는
칼퇴 하는 게 마땅했다.
여느 때와 같이 가방을 메고 돌아서는

내 뒤통수를 향해 상사의 목소리가 내리꽂혔다.

"○○ 씨는 매일 같이 한솥밥 먹으면서
퇴근할 때는 너무 정 없는 거 아니야~?
꼭 집에 갈 생각만 하는 사람 같다?"

아니, 매일 같이 밥을 먹는 것과 퇴근 시간에
합당하게 퇴근하는 게 대체 무슨 상관이란 말인가!
상사의 TMI를 들으며 밥도 편하게 못 먹을 바엔
추가 수당이라도 필요하다고 느꼈던 점심시간이
그에게는 나와 정을 쌓는 시간이었다니.
그야말로 동상이몽이 따로 없다.

가족보다 더 자주 겸상하며 주 5일 떠들었지만
의미 있는 공감은 부재한 채 일방적으로
상사의 말에 리액션 했을 뿐인데.
단지 매일 같이 밥을 먹는 행위만으로
회사 사람과 정이 드는 건 어려운 일이다.
(그리고 설사 정이 들었다 치더라도

정과 퇴근 시간은 무관하다고!)

사람과 사람이 친밀감을 쌓으려면 일단
자주 만나는 게 시작이라는 건 부정하기 어렵다.
하지만 '자주 본다'는 표면적인 행위보다
더 중요한 건 의미 있는 교감이 아닐까.

하고 싶은 말을 할 자유만큼
듣고 싶지 않은 말을 듣지 않을 자유가 보장될 때
비로소 진정한 대화가 시작되지 않을까.

사람은 누울 자리를 보고
발을 뻗는다.

또 늦네…

누군가 나에게만
유독 예의를 지키지 않는 건

그래도 되는 사람으로
여기기 때문이다.

누가 나에게 함부로 대하는 게 싫다면
그에게 누울 자리를 내어주지 마라.

진짜 어른의
조언

＊

대학 시절 방학이 되면 여러 가지 아르바이트를 했었다.
빵집, 마트, 미술학원 보조강사, 편의점 등등.
그중에서도 알바의 꽃인 카페 아르바이트를
하면서 겪었던 일이 기억에 남는다.

한 번은 베이커리를 함께 운영하는 개인 카페에서
일한 적이 있는데 그곳의 매니저는 내가
디자인 전공자라는 것을 알고 카페 로고를
활용해 제품에 붙일 스티커를 만들라든지

입간판에 초크아트로 메뉴 이미지를 그리라든지
따위의 추가 업무를 종종 시켰다.

아직 학생이지만 전공과 관련한 재능을
활용할 수 있다는 것에 신이 났던 나는
아르바이트 시간 외에 집에 와서도 열정적으로
디자인 작업을 추가로 해서 보여 주기도 했다.

어느 날 그런 나를 옆에서 지켜보던
베이커리 주방장이 의미심장한 미소를 지으며 말했다.
"사회생활할 때는 되도록 재주를 숨겨야 해.
일만 더 많아지거든."

그때는 몰랐다.
엄연히 비용을 지불받아야 할
전문성을 요하는 추가 업무를
순진하게도 공짜로 해줬다는 걸.

살면서 비슷한 상황을 만날 때마다

그때 그 주방장이 했던 말이 계속 떠올랐다.

그는 진짜 어른의 지혜를 갖고 있었다.

매일 같은 일상이 갑갑할 때면

가끔은 허무맹랑한 상상을 떠올려 봐요.

별일 없이 휴대전화를
뒤적이는 밤

✳

특별한 이유도 없이 하루에도 수십 번
휴대전화 바탕화면을 쳐다본다.
SNS 앱을 켜고 의식의 흐름을 따라 훑거나
사고 싶은 물건, 먹고 싶은 음식 같은 걸 검색한다.
일하다가 중간중간 인스타그램을 열고
누가 내 게시글에 '좋아요'를 눌렀나 확인한다.

문득 스마트폰이 없는 시대에 살았다면
이 순간 무엇을 했을까 상상해 본다.

아마 컴퓨터를 하고 있겠지.

그럼, 컴퓨터도 없던 때로 몇 년 더 거슬러 가본다.

그 시절에 사람들은 자기 전에 누워서 뭘 했을까.

아마 카세트로 음악을 듣거나 라디오를 듣거나

TV를 보거나 책을 읽거나 일기를 썼겠지.

혹을 공상을 했을지도 몰라.

그중 무엇이 됐든 스마트폰을 뒤적이는

것보다는 건강하게 느껴진다.

별일 없이 휴대전화를 뒤적일 때마다

스마트폰이 존재하지 않는다고 생각해 보려고 한다.

하지만 지금 떠오르는 이 생각을 스마트폰

메모장에 적고 있는 아이러니란.

잠들기 전 잠깐의 시간, 이 시간에

스마트폰을 뒤적이지 않는다면,

그 시공간을 무엇으로 채울 수 있을까.

삶에서 뭔가가 빠진 것 같다.
뭔가 중요한 것을 놓치고 의무만을 위해
하루를 살아가고 있는 것 같다.
적어도 휴대전화 바탕화면을 쳐다보는 것보다는
의미 있는 일에 열정을 쏟아야 하지 않을까라고
생각하며 또 까만 화면을 바라본다.

헤맨다는 건 답을 찾고 있다는 거니까.
멈추지만 않는다면 결국 답에 도착할 거예요.

노동으로 오늘의 감정을
전부 소모한 인간은

친밀한 타인에게
친절하기 어렵다.

그러니 평일에는
'다정하려고 노력하는 사람' 정도를
목표로 하자.

그것만으로도 서로의 진심을 전하기에는
충분할 테니.

마음의 평온을 얻는
간단한 방법

✳

책을 출간한 직후 한동안은
서점 사이트 리뷰에 민감해진다.
그럴 때 종종 비슷한 장르의
경쟁 도서 리뷰를 염탐(?)하기도 한다.

한 번은 내가 개인적으로 가장 존경하고
좋아하는 작가의 책 리뷰를 쭉 둘러보다가
악플에 가까운 혹평을 보게 되었다.

그 순간

'사람의 생각이 이렇게 다를 수 있구나',

'모두를 만족시킬 수는 없구나'라는

생각이 들면서 마음이 편안해졌다.

내 책에 달린 혹평을 볼 때는

아무래도 속상한 마음이 앞서다 보니

모두를 만족시킬 수는 없다는 말을

가슴으로 받아들이기가 어려웠던 것 같다.

한편, 관심 없던 베스트셀러의

리뷰 페이지가 호평 일색인 것을 보게 될 때는

겸허한 마음을 갖게 된다.

나에게는 공감되지 않는 작품이라도

누군가에게는 위로일 수 있구나.

내 취향이 아니라고 해서

함부로 폄하할 수는 없겠구나.

세상을 바라보는 기준을

나에서 조금만 비껴가 보자.

생각지 못한 마음의 평온을 만나게 될 것이다.

세상은 너무 빨리 변해가죠.

산책 시간만큼은 천천히 나만의 속도로 걸어봐요.

남들이 뭐라 하든

내가 감당할 수 있는 선에서
선택을 하며 살아갈 것.

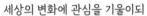

세상의 변화에 관심을 기울이되

오늘 내가 할 수 있는 일에
진심을 다할 것.

많이 웃는 사람들이
알고 있는 비밀

✳

어릴 때는 세상에서 내가 제일 불쌍하고,
내 어린 시절이 가장 안타깝고,
나만 구김살이 있는 줄 알았다.

그렇게 오해했던 건 나는 힘든 일을 주변에
낱낱이 말하고 다니는 타입이었기 때문이다.
힘든 일을 드러내서 이야기하지 않는 사람들의
삶은 마냥 핑크빛인 줄로 알았다.
그래서 늘 그런 타인과 나를 비교하면 처량했다.

사실 개인적 관점으로는 누구나 자기 인생이
가장 힘들고 가장 안쓰럽기 마련이다.
나이 들수록 깨닫게 되는 건
힘든 일을 얼마나 드러내는지 그 정도에 따라
겉보기에 더 힘들어 보이거나,
덜 힘들어 보일 뿐이라는 것.
누구의 삶이 더 낫다, 못하다고
비교할 수 없다는 말이다.

사람들 대부분은 자기 삶의 어려움을
만천하에 광고하고 다니지 않는다.
되레 속으로 삼키고 사는 사람들이
훨씬 더 많을 것이다.

고된 일상의 틈새에 웃을 수 있는 건
아무런 걱정 없이 행복하기만 해서가 아니다.
때로 웃기 위해 웃으며 살 때도 있는 것이다.
많이 웃는 사람들은 알고 있다.
사실 그것 말고는 인생이 별것 없다는 걸.

나를 사랑하고 있지 않을 때는
나에게 유해한 일들을 한다.

의미도 재미도 없는 콘텐츠에 시간 낭비하기,
인스턴트 음식으로 끼니 때우기 등등…

그럴 때면 나는 조용히
그 시기가 지나가기를 기다린다.

결국 다시 나를 사랑해 주게
될 거란 걸 아니까.

Chapter 2

모두에게 착한 사람 말고 행복한 사람이 되고 싶어

"내가 옳다고 믿어줄 단 몇 사람이면 충분하니까."

좋아하는 척하지
않기로 했다

✳

사회생활을 하다 보면 일보다
사람이 더 힘들 때가 많다.
그래서 때와 장소에 맞게 사회적 가면을 쓰고
싫어하는 사람을 적절히 상대하는 것도
하나의 능력이라는 생각이 든다.

하지만 적어도 사적인 관계에서만큼은
나에게도 너에게도 솔직해지고 싶다.
좋아하지도 않는 사람을 좋아하는 척

말과 행동을 꾸며내고 싶지 않다.

그렇게 가짜 관계를 맺을 때

외로워지는 쪽은 오히려 나였으니까.

잠깐의 외로움은 달래질지언정

깊은 유대감이 주는 충만함은 없었으니까.

좋아하지 않는 사람을 그냥 좋아하지 않기로 했다.

모두에게 친절한 사람이 되기보다는

행복한 사람이 되고 싶다.

행복에 대한 답을 찾기 위해
수많은 책을 읽어보아도

공부만으로 마음의 평화를
얻는 것은 불가능했다.

행복은 혼자서 얻는 것이 아니기 때문이다.

나의 행복은 나를 둘러싼 환경과 사회와
주변 사람들에게 늘 영향을 받고 변화한다.

그러니 행복은 세상과 연결된 나를
인정하는 것에서부터 시작된다.

별거 없이 잘 쉬는
법

✳

일요일은 공식적으로
옥장판 위를 떠나지 않는 날이다.
식사를 할 때와 화장실에 갈 때를 제외하고는
온전히 와식으로 하루를 보낸다.

물론 오랜 집순이 경력을 가진 나라도
한 달에 며칠 정도는 번화가를 쏘다니곤 한다.
그렇게 돌아다니고 집에 돌아오면
'역시 밖에 나가봐야 별거 없네'라는 생각이 들어

집에 누워만 있는 날에도
'나만 이렇게 집에 있는 것 아닐까?' 하는
불안감을 내려놓고, 안심하고 쉴 수 있기 때문이다.

무기력증이 심해 자력으로 일어날 수 없어서
누워만 있었던 지난날을 떠올려 본다.
누워 있더라도 자력으로 누워 있고,
감시자 없이도 생활 리듬을 조절할 수 있게 된
자신을 대견스럽다 생각해 본다.

과거의 나보다 나아지고 있음에
오늘 하루도 별것 아닌 일들이 감사한 마음이다.

사람이 막다른 골목에 처하면
극단적으로 희망적인 생각을 하며
그 시기를 버티게 되는데

그럴 때에는 아주 작고
사소한 기쁨에도 감사하게 된다.

그래서 어려운 상황에 처할수록
깨닫는다.

나는 이 작은 것을 통해
언제든 다시 행복해질 수 있는 사람이라는걸.

변하지 않을
단 한 가지

*

나이에 비해 이루어 놓은 것이
별로 없는 것 같은데 이대로 괜찮을까.
또래 친구들은 다 제 짝을 찾아
육아하기에 바쁜 것 같은데
이대로 계속 혼자 지내도 괜찮을까.
막연한 걱정들로 머릿속이 가득할 때
망한 요리를 단번에 맛있는 음식으로
재탄생시켜주는 비법 소스처럼,
가라앉은 기분을 바꿔주는 나만의 리추얼들이 있다.

거품 목욕하며 책 읽기,

이불 속에서 웅크리고 좋아하는 드라마 보기,

모두가 잠든 새벽에 음악 들으며 그림 그리기.

적어도 그 순간만큼은

미래에 대한 막연한 불안이나

현실직인 고민에서 잠시 벗어난 듯한

해방감을 느낀다.

그러나 나이가 들고 상황이 변하면서,

이전에는 효과가 직방이었던

소소한 리추얼들이 무용하게 느껴질 때가 있다.

내 삶의 시간과 나의 상태가 바뀌듯이

행복해질 방법도 계속 변화하기 때문이다.

그때의 나와 지금의 나는 다르다.

우리는 늘 변화하는 길 위에 놓여 있다.

그럼에도 변하지 않을 단 한 가지는

나는 나를 행복하게 해줄 방법을
다시 찾아낼 거라는 것이다.
지금까지 그래왔듯이.

이런 저런 고민으로 잠 못 드는 날
가볍게 몸을 움직이며 생각을 정리해 봐요.

마음을 여는 데
오랜 시간이 걸리는 사람

＊

관계에서 마음의 문을 여는 데
충분한 시간이 필요한 사람은
한 번 열어둔 마음을 다시 닫는 데도
그만큼 오랜 시간이 걸린다.

그런 자신을 누구보다 잘 알기에
타인을 마음에 쉽게 들이지 못하고
되레 겉으로는 회피하는 태도를 보일 때가 있다.

그들은 사실 누구보다도 사람에 대한

희망을 놓지 못하는 자들이기도 하다.

기대가 컸던 만큼 실망도 크기에

한 번 닫힌 마음이 쉬이 열리지 않는 걸 테지.

우리가 관계를 단절하지 않으면서

상처를 최소화할 방법은

사람에 대한 기대를 낮추는 것이다.

늘 0을 기대하며 살자.

그럼 환대는 고맙고, 실망하게 되더라도

지나치게 마음 쓸 일 없는 거니까.

작은 일에도 감사하고 행복할 수 있겠지.

최선을 다해서 살아왔는데,

나는 내 속도대로 살았을 뿐인데,

세상은 내가 느리다고 한다.

왜 세상은 늘
내 시간보다 빠른 건지.

성장통도 적당히 고통스러워야
약이 된다

＊

"나를 죽이지 못하는 고통은
나를 더 강하게 해줄 뿐이다."
니체의 말이다.
젊어서 고생은 사서도 한다고 흔히들 말한다.
나는 그 말에 적극 반대한다.

어려움과 시련은 무언가를 이룰
강력한 동기가 되기도 하지만
어려서 너무 많은 고통과 상처를 겪으면

새로운 도전에 몸을 사리고 회피하게 되기도 한다.

피할 수 없는 어려움을 이미 직면했다면
최선을 다해 그 상황을 빠져나오는 수밖에는 없다.
그러나 젊다고 부러 불구덩이 안으로
뛰어 들어갈 필요는 없지 않나.
세상에는 과도한 시련 없이도 훌륭하게 성장하고
행복하게 살아가는 삶도 꽤 많으니까 말이다.

성장통도 적당히 고통스러워야 약이 된다.
때로 지나친 고통은 상처만 남길 뿐이다.
견디기 힘들 정도의 상황을
너무 오래 참기만 하지는 마라.

때로는 그저 시간만이
해결할 수 있는 일들이 있다.

흘려보내야만 하는 시간들을
소중히 기억했으면 좋겠다.

그 과정 또한
너와 나의 삶이니까.

좋아하는 일로만
매일을 채울 수는 없어도

✳

쌓여 있는 마감에 지쳐
오늘 할 일을 언제나 끝마칠까 가늠하다가
잠시 화장실에서 숨을 돌리는
짧은 순간, 상상의 나래를 펼쳐 본다.

내가 만약 로또 1등에 당첨되어
지금 당장 일을 하지 않아도 먹고 사는 데 지장이 없으며,
돈을 벌기 위해 하루를 쓰지 않아도 된다면
난 무엇을 하고 있을까?

무엇을 하기를 선택할까?

우선 한동안은 여행을 다니며 지역 맛집에서
맛있는 것을 실컷 먹을 것 같다.
그러다 언젠가는 그 생활도 지루해지겠지.
그러면 그간 배우고 싶었던 것을 실컷 배울 것 같다.
도자기 공예나 현대무용, 아니면 연극 같은 걸 배워보고 싶다.

막상 생각해 보니 이런 것들은
여유 시간을 내야 하기는 하지만
지금의 나에게도 완전히 혹은
영원히 불가능한 일은 아니었다.

좋아하는 일로만 매일을 채울 수는 없어도
삶의 일부쯤은 채울 수 있지 않을까.
심호흡을 한 번 하고, 마음의 여유를 되찾으면
보이지 않던 것들이 보일 것이다.
비록 일억 천금은 아니지만 지금 가진 것 안에서
나에게 내어줄 수 있는 작은 선물들이.

담백하고 심플하게
현재를 사는 사람

✳

한동안 우울감에 빠져 있던 시기,
어딘지 모르게 나와 같은 우울한 기운이
감도는 사람들을 좋아했다.
부러 계산한 건 아니었지만 그저 그 곁이 편했다.
어딘가 슬퍼 보인다거나 사연이 있어 보이는
눈망울을 가진 사람들을 특히 좋아했고
그 사연을 함께 나누는 게 좋았다.

그런데 요즘은 우울감, 슬픔 같은

정서에 점차 피로감을 느낀다.

자기 연민에 빠져 자기 얘기만 주야장천 하는 이.

자의식 과잉과 자기혐오의 콜라보를 보고 있자면

돌아가고 싶지 않은 과거의 내가 보이기 때문일까.

요즘은 이런 사람들 곁이 더 좋다.

사실을 담백하고 심플하게 받아들이고

현재를 사는 사람들.

나 또한 그렇게 살고 싶고.

어지러운 하루 끝에는
펜을 들어 보기를

✳

나에게 글쓰기는 크게 두 가지 의미가 있다.
'게워내기'와 '붙잡아 두기'.
같은 쓰기라도 상황에 따라
완전히 상반된 역할을 한다.

가끔 생각이 많아지다가 비현실적인 불안으로
증폭되어 버릴 때가 있는데, 그럴 때는
그 모든 생각들을 글로 뱉어내야만
마음의 안정을 찾을 수 있었다.

그림으로 승화시킬 수도 있었지만
생각은 언어화되어 떠오르기 때문에
쓰는 쪽이 조금 더 손쉽다.

반면 뇌리를 빠르게 스치는 영감을
언어로 저장해 둔 뒤 나중에 다시 꺼내보고
싶을 때도 글을 쓴다.
일종의 '기억 수집광'이라고도 할 수 있겠다.

어쩌면 완전히 상반되게 느껴지는
두 과정이 전부 다 나를 온전한 나로,
심지어 더 행복하게 만들어 주었다.

여기서 '게워낸다'라거나 '뱉어낸다'는 표현이
아주 적절한 게 속이 더부룩할 때
음식물을 게워내면 위장이 편해지듯
언어화된 복잡한 생각들을 뇌에서
게워내고 나면 마음의 평화가 찾아왔다.

어지러운 하루를 보낸 끝에는

펜을 들어 보기를 추천한다.

(휴대전화 메모를 활용하는 것도 적극 추천)

그렇게 비현실적인 불안을 털어내고

현실 세계로부터 도망치지 않으며,

내일을 향해 용기 있게 나아갈 수 있기를.

요즘 가장 집중하는 일이 뭔지 기록한다면

내가 변해 온 모습을 확인할 수 있을 거예요.

산더미처럼 쌓인 업무가
나를 짓누를 때
엉뚱한 상상을 하게 된다.

동물이나 식물이나 돌 같은 걸로
태어났으면 좋았을 걸…

인간은 달성해야 할 게
왜 이렇게 많을까.

마음을 잘 사용하기 위해
몸을 잘 사용하기

＊

이따금 이유 모를 화와 불안에 삼켜질 때가 있다.
그럴 때 내 머리는 벌어지지도 않은
미래의 문제들을 끌어와 나를 괴롭힌다.

우리의 생각은 감정에 따라 쉽게 좌우된다고 한다.
그래서 좋은 감정으로 하루를 시작해 보기로 했다.

여러 가지 방법을 시도해 보았지만
결국은 운동만 한 게 없다는 결론에 도달했다.

주 2~3회는 근력 운동을 하고
운동을 하지 않는 날은 한두 시간을 걸었다.
주말에는 등산을 갔다.

이런 생활을 1년 정도 지속하자, 종잇장 같았던 몸이
그나마 사람 구실을 하기 시작했다.
계단이나 언덕을 올라갈 때 덜 힘들었고,
무거운 것을 들 때나 꽉 잠긴 유리병을 열 때
다른 사람의 도움을 받지 않아도 되었다.
사소하지만 의외로 굉장한 자신감이
생기는 경험이었다.

결정적으로 아침을 운동으로 시작한 날은
짜증이나 화, 무기력과 같은 감정 없이
하루를 시작할 수 있었다.
'마음이 힘들 때는 몸을 움직여라'라는 말이
뻔하고 지겹게 들리겠지만 많은 사람이
하는 말에는 꼭 그만한 이유가 있더라.

우리가 느끼는 대부분의 감정은
결국은 몸의 반응이다.
그러니 마음을 잘 사용하기 위해
몸을 잘 사용하는 내가 되자.

아침에 차 한 잔, 잠들기 전 스마트폰 안 보기.
내 몸을 챙기는 작은 습관을 시작해 봐요.

1. 과도한 책임감은 자의식 과잉에서
비롯된 오만일 수 있음을.

2. 과도한 불안을 잠재우기 위해서는
자기신뢰의 회복이 우선임을.

3. 과도한 생각에
잠식되지 않기 위해서는
몸을 움직여야만 함을.

어른들이
꽃을 좋아하는 이유

＊

꽃 같은 걸 그리는 게
조금 시시하다고 생각하던 때가 있었다.
인생에는 그보다 더 중요하고
시급한 문제들이 많으니까.
복잡하고 심오한 주제를 그리는 게
더 가치 있는 창작이라고 생각했다.

그런데 이제는 어른들이 왜 나이 들수록
꽃을 좋아하는지 알 것 같다.

이 험한 세상을 살아내는 동안
꽃을 보며 한숨 고를 여유를
스스로에게 선물했던 것이다.

그런 자기 사랑 없이는
쉬이 삶을 살아낼 수 없는 게지.
부모님의 카카오톡 프로필이 왜 온통 꽃으로
도배되어 있는지 비로소 의문이 풀린다.

가끔은 불확실한 미래가
숨통을 조여오는 것 같은 날이 있다.

만약 남은 생의 미래를
다 알 수 있다면 어떨까
상상해 본다.

미래가 정해져 있다면
더 이상 불안하진 않겠지만
희망도 없을 것이다.

불확실하지만
다르게 시도해 볼 수 있는
기회가 주어지기에

우리는 오늘을 희망으로
살수 있는지도 모른다.

나를 알아줄
몇 사람이면 충분하다는 걸

✳

내내 영혼 없이 겉도는 수다만 떨다가
정말 오랜만에 깊은 공감이 오가는
대화를 나눈 어느 날, 문득 생각했다.

나에게 중요한 건 단순히 세상에
섞여 있다는 소속감이 아니라,
구색 맞추기용 겉치레가 아니라,
진정으로 이해받고 공감받는 느낌이라는 걸.

그럴듯해 보이지만 진정성이 결여된 삶보다는

옳다고 믿는 길을 걷는 동안 나를 지지해 줄

단 몇 사람이 곁에 있으면 충분하다는 걸.

자주 만나지 못하더라도

늘 곁에 있어주는 사람들이 있다는 걸 기억해요.

애프터를 받지 못한
소개팅

✳

소개팅에서 애프터를 받지 못한 어느 날,
거절당했다는 느낌에 설명하기 어려운
묘한 불쾌감을 느꼈다. 화가 났다.
애프터 한두 번 못 받았다고 해서 나의 가치가
낮아지는 건 아니라는 걸 머리로는 잘 안다.
그렇다고 마음에 상처가 남는 것까지는
어찌할 수 없는 일이었다.

그리고 비슷한 경험이 반복될수록 타인의

거절의 시그널에 예민해졌다.
눈앞에 있는 사람을 보는 게 아니라
상대가 나에게 관심이 있는지 없는지에만
온통 신경이 곤두섰다.
그런 식으로 타인을 만나는 건
서로를 불행하게 하는 일이었다.

상처는 사람이 세상을 한쪽 눈으로만 보게 한다.
세상과 벽을 세우고, 타인을 있는 그대로
사랑할 수 없게 만든다.

세상에 상처 하나 없는 사람이 어디 있을까.
다만 그 상처에 지나치게 압도되지 않고
타인을 있는 그대로 바라보고 싶었다.

그래서 거절의 시그널에 예민해질 때마다
눈앞에 있는 사람 자체를 보려고 노력했다.
그가 어떤 인생 이야기를 갖고 있는지,
좋아하는 것은 무엇인지, 싫어하는 것은 무엇인지,

삶에 대해 어떤 가치관을 갖고 있는지,

왜 그런 생각을 갖게 되었을지.

순수한 호기심으로 상대에게 다가가려 했다.

그러다 보니 신기한 일이 일어났다.

누군가가 나를 불쾌하게 하는 행동을 하더라도

그 행동 너머 그 사람의 스토리가 보였다.

마음속 상처도 보였다.

연민이 내 안의 분노를 잠식시켰고,

상대를 미워하지 않으니, 마음이 한결 편안해져

상처받을 때의 타격감도 줄어들었다.

분노는 분노를 낳을 뿐이라는 말이 피부로 느껴졌다.

그 후로도 살면서 숱한 거절의 순간을 맞닥뜨렸다.

그러나 이제는 상대가 나에게 하는 행동과

내 가치를 연결하기를 멈추었다.

순간적으로 불쾌한 마음이 들기는 했지만

그 감정이 나를 해치지 못하는

방어막 같은 게 생긴 것 같다.

그렇게 상처로부터 나를 지켜낸 경험이 쌓여
마음의 근육을 만들어 주었나 보다.
자존심이 상하는 경우는 있어도
전처럼 자존감에 타격을 입지는 않는다.

아무리 이상한 사람을 만나도
아무리 나를 불쾌하게 해도
그는 내 마음을 해칠 수 없을 것이다.
나는 나를 지킬 준비가 되어 있으니까.

사람은 누구나 이상한 면이
하나씩은 있다.

그리고 누군가 나의 이상한 면을
있는 그대로 봐주기를 원한다.

아무도 몰라주고,
누구도 기대하지 않을지라도

✳

코로나로 한창 밖에 나가기 어려웠던 시기
집에서 운동을 해볼 요량으로 실내 자전거를 들였다.
한두 달은 잘 타는가 싶었지만
점점 비싼 수건걸이로 변해가는 자전거는
마음 한구석을 늘 찜찜하게 했다.

그러다 대청소를 결심한 어느 날, 괜한 공간만
차지하는 실내 자전거를 베란다로 옮기기로 했다.
자전거를 들어내자 층간 소음 방지를 위해 밑에 깔아둔

요가 매트에 선명한 자전거 자국이 눈에 들어왔다.

눌린 자국이 자연히 부풀기를 기대하며
요가 매트를 빨래 건조대 위에 펼쳐 뒀지만
버텨낸 시간을 증명하기라도 하듯
단단히도 눌린 자국은 쉬이 사라지지 않았다.
잘 펴지지 않는 그 자국이
왠지 내 마음속에 구겨진 자국 같았다.

영화 〈플로리다 프로젝트〉에서
주인공 무니가 자주 놀러 가는 숲에는
'죽었는데도 계속 자라는 나무'가 있다.
나는 그게 영화 속 연출이라고 생각했는데
동네 산책길에서 비슷한 나무를 발견한 일이 있다.
여름에 태풍을 맞아, 곳곳이 꺾이고 큰 기둥마저
쓰러져 죽은 것처럼 보이던 나무였다.

하루는 그 나무에 싹이 핀 것을 보게 되었는데
의식해서 살펴보니 주변에 그런 나무들이 꽤 많았다.

부러지고 꺾이고 쓰러졌는데도 계속 자라고 있었다.
아무도 모를 텐데, 누구도 기대하지
않았을 텐데도 계속 자랐다.

내 안에 부러지고 꺾이고 쓰러진
곳들에 대해 생각했다.
아무도 모를, 누구도 기대하지 않을,
나만이 구할 수 있는 것들에 대해서.

두어 달쯤 지나자 절대 복귀될 것 같지 않았던
요가 매트 위 눌린 자국이 어느 정도
부풀어 오른 게 보였다.
요가 매트가 듣지는 못하겠지만
그동안 고생 많았다고 칭찬해 주고 싶었다.
나는 물에 적신 수건으로 자국 위를 닦아주었다.

요즘 하루하루를 버티는 모토는

'기대하지 말자.'

꽃은 한철이지만

기대치 못한 기쁨을 만나는 날에는

조금 더 용기를 낼 수 있으니까.

딱 하루만
나를 봐주기로 했다

*

운동하다가 다쳐서 엄지손가락에 깁스를 했다.

다친 건 손인데 힘든 건 마음이었다.

왜 괜히 안 하던 짓(=운동)을 해서 어이없게 다쳤는지.

왜 더 조심하지 않았는지.

건강해지려고 노력했더니 상황이

더 안 좋아지기만 했다는 게 억울하고 화가 났다.

사지가 다 부러진 것도 아니니

진행 중이던 일을 마쳐야만 했고,

손가락 네 개로라도 해보겠다고 용을 썼다.
맡은 업무가 거의 끝나갈 때쯤엔 수개월간 쌓여온
스트레스가 폭발해 방에 앉아 엉엉 울어버렸다.

성숙한 성인이라면 그럴 때 주저앉아 우는 대신
할 일을 했겠지만 나는 그런 어른이 아니었다.
하지만 적어도 그런 스스로를
미숙하다고 탓하지는 않기로 했다.
누구나 눈앞의 상황이 힘들 땐
의연하지 못할 수 있는 거니까.

딱 하루만 나를 봐주기로 했다.
힘들 땐 아이처럼 주저앉아 울어도 괜찮다고.
그러기도 하는 게 인생이라고.

일이 생각처럼 안 풀리는 날에는

'이게 내 한계인가?'
같은 생각이 잠시 머릿속을
스칠 때가 있다.

그러면 나는 곧바로 머리를
세차게 가로저으며 뇌인다.

'아니, 이건 지금의 내 상태야.
한계가 아니라'라고.

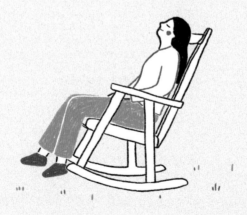

Chapter 3

나만의 속도로 오늘을 살아간다

"나에게 필요한 건 나를 기다려 주는 일이었다."

80퍼센트만 하며
살기로 했다

＊

성공하고 행복해지려면 매사에
내가 가진 에너지의 100퍼센트를 발휘하며
진심을 다해 살아야 하는 줄 알았다.

하지만 세상은 내가 100퍼센트를 쏟아 부으면 곧이곧대로
100퍼센트를 돌려주는 식으로 돌아가지 않았다.
어떤 때는 10퍼센트의 노력을 했는데
200퍼센트의 결과가 돌아오기도 하고,
때로는 300퍼센트만큼 애써도 아무것도 남지 않았다.

인생에서 기대할 수 있는 결과가

슬롯머신의 승률처럼 덧없게 느껴졌다.

노동력이 한철 상품처럼 취급되는 자본주의 시장에서

매일 100퍼센트의 노력을 하고 살다가는

언젠가 내 영혼은 탈탈 털리고

앙상한 뼈마디만 남을 것 같아 두렵다.

지금 하고 있는 일을 현재와 똑같은 열정과 강도로

과연 얼마나 오래 지속할 수 있을지 생각해 본다.

정신과 의사 정우열 선생님은

자신의 유튜브 채널에서 이렇게 말했다.

"나의 인생 모토는 80점으로 살자"라고.

우리는 새해가 되면 매번 부푼 마음으로

각오를 다지지만 새해 첫날과 같은 의지력을

365일 유지하기란 누구에게나 어려운 일이다.

어쩌면 적당히 쉬엄쉬엄 일하며 버티다가

운 좋게 얻어 걸리는 행운에 감탄할 줄 아는 자세가

100세 시대, 긴 삶을 지치지 않고

행복하게 살아갈 수 있는 지혜가 아닐까.

지치지 않고 오래 일하기 위해
'하지 않아도 될 일'이 무엇인지 먼저 생각해 봐요.

뭘 하나 시작하면
끝장을 보곤 했다.

그렇게 단기간 열정을 불태우고 나면
금방 질려버려서 무언가를
오래 지속하기가 힘들었다.

이제는 뭐든 80퍼센트만 하며
살기로 했다.

천천히 오래오래
앞으로 나아가기 위해서.

우리가 행복 회로를
돌리는 이유

✳

불행은 겪어도 겪어도 적응이 잘되지 않아서
항상 현재 진행 중인 불행이
가장 거대하게 느껴지곤 한다.
그럴 때 내 상황을 직접 겪어보지 않은 제삼자가
"다 잘될 거야" 같은 말로 위로하면
그 말이 그렇게 가벼울 수가 없었다.

다 잘될 거라는 말로 괜찮아질 정도라면
진짜 아픔이 아니라고 생각했다.

하지만 이제는 꼭 그렇지만은 않다는 걸 안다.
가끔은 무한 긍정이 필요할 때도 있다는 걸.

살다 보면 그 뻔한 한마디의 말이
너무나 간절한 순간이 있다.
당장 처한 상황이 너무 힘들어서
어떻게든 버텨나갈 희망이 필요할 때,
그럴 때는 이성적이고 냉철한 조언보다는
막연하지만 다 잘될 거라는 말이 듣고 싶더라.

마음속 긍정의 힘을 시험하기라도 하듯
넘어야 할 산은 내일도 모레도 당신을 기다릴 테지만
삶의 고통이 늘 현재형이라는 점이
역설적으로 우리를 살게 하기도 한다.
살면서 어떤 힘든 일을 겪더라도 언젠가 돌아보면
살다 보면 있을 수 있는 '지난 일'이 될 테니까.

살다가 힘든 순간이 오면,
여태껏 극복해낸 힘들었던 일들을
떠올리며 용기를 얻곤 한다.

그래서 '이건 내 인생 최대의 위기야!'
같은 생각이 들 때도
의연할 수 있다.

지금의 어려움도 언젠가는
'돌아보니 별것 아닌 일'이
될 거란 걸 알고 있으니까.

그냥 나로 존재해도
괜찮을까

✳

그림 작업을 시작한 이후
이상한 감정의 굴레를 맴돌았다.
한창 외주 요청을 받아 일을 하고 있을 때는
스스로가 가치 있게 느껴졌지만
그리지 않고 있을 때는
내가 아무것도 아닌 사람 같았다.

어릴 때부터 그림을 그릴 때
가장 행복했는데,

어느새 그림을 그리는 행위가
내 자존감을 올려주는 도구가
되어버린 건 아닐까 두려웠다.

신작을 기다려주는 독자들을 위해서라고
스스로를 달래기도 했지만
결국 '그림 그리는 사람'이라는 정체성을 뺀
그냥 나로 존재하는 걸 견딜 수 없어서
그렇게 열심히 일했는지도 모르겠다.

뭐라도 된 것 같은 기분에
중독된 채로 그리고 싶지 않아서.
내가 사랑하는 일을 도구로
전락시키고 싶지 않아서.

과시하려는 마음 말고
눈에 보이는 결과에 연연해 조급해하지 않고
순수하게 행위 자체를 즐기는
시간을 가져 보기로 했다.

어쩌면 내게 가장 필요했던 건

나를 기다려 주는 일이었을지도 모르겠다.

잘하고 싶은 마음이

외려 나를 힘들게 할지도 몰라요.

두렵다.

그저 그런 사람이 되는 게.
그저 그런 어른이 되는 게.

특별해지고 싶었는데

세상과 적당히 타협하고
적당히 살아가게 될까 봐.

오랜 친구에게
소포를 보냈다

✳

중학생 때 교내 백일장에서 상을
한 번 받은 적이 있다.
미술 시간을 제일 좋아하던 나에게
염원하던 미술 대회 상이 아닌 백일장 상은
그리 인상적이지 않았고 기억에서 잊혔다.

내가 책을 쓰게 되었다고 하자
중학교 시절 단짝이던 친구는 말했다.
"너 그때 백일장에서 상도 받고 그랬었잖아.

난 항상 네가 글을 참 잘 쓴다고 생각했어."

어린 나에 대해 나보다 더 많은 것을

기억하는 사람.

책을 쓰며 스스로에 대한 믿음이

약해질 때마다 그 애가 나눠 준 응원의 마음을

떠올리며 글을 이어 나갔다.

내가 몇 권의 책을 써내는 동안

친구는 두 아이를 키우는 워킹맘이 되었고

서로 바빴다.

어느덧 싱글인 나와 워킹맘 친구의

삶의 생태계는 많이 달라져 있었다.

굴러가는 낙엽에도 같이 웃었었는데,

우리는 이제 공통의 관심사가 별로 없다.

학창 시절 친구란, 모임 중 누구 한 명이

경조사가 생겨야 연락하고 만나는

그런 관계가 된 것 같았다.

책을 쓰는 내내 친구를 생각했지만

왜인지 쉽사리 다시 연락하지는 못했다.
나는 그 애가 변했다고 생각했고,
일방적으로 서운함을 느꼈다.
하지만 바뀐 건 그가 아니라
단지 상황일 뿐이었다.
지나고 보니 우리는 늘 그 자리에
그대로 있었다.

몇 년 만에 친구에게 연락해
그동안 만든 책을 보내주겠다고 했다.
우리는 마치 어제 만난 것처럼
한동안 쉬지 않고 수다를 떤 뒤
중요한 썰은 만나서 풀자며 말을 끝맺었다.
'아, 이래서 오랜 친구가 좋은 거였지.'
나는 떠올렸다.

그리고 이제야, 너무 늦은 마음을 전해본다.
네가 해 준 말 한마디에
나는 늘 용기를 낼 수 있었다고.

손에 잡히지 않는 것을
잡으려고 하던 시기가 있었다.

이루지 못한 꿈, 만나지 못한
사람 따위를 그리워했다.

이제는 내가 가질 수 있는
행복에 손을 뻗기로 했다.

요즘의 나는 전보다 훨씬 더 행복하고,
더 이상 간절하지 않다.

아름다운 순간을
전혀 눈치채지 못하고

＊

요즘 산책을 풍요롭게 해주는 건

식물들, 그리고 식물 사진을 찍는

무해한 중년들을 멀찌감치 서서 바라보는 일이다.

그러는 동안 잠시나마

나를 둘러싼 유해한 것들을 잊을 수 있다.

세상을 향한 냉소에 잠겨

아름다운 순간을 전혀 눈치채지 못하고

슬픔 속에서 지내던 날들에 대한 보상으로

요즘 나는 이런 것들을 눈에 더 담으려 한다.

나를 괴롭게 만드는 것들에만 집중하다가
지금껏 얼마나 많은 아름다움을 지나쳤을까.
이제라도 아름다운 것들을 많이 봐둬야지.
나를 재촉하지 않고, 느긋한 마음으로.

보고 싶은 것을 보고, 먹고 싶은 것을 먹고.
약간의 자유가 나를 살릴 거예요.

내 마음속의
검열관

﹡

계획적으로 일하기를 좋아하는 성향 탓에
종종 스스로를 몰아붙일 때가 있다.
미리 세워둔 일정에서 조금이라도 어긋나거나
결과물의 만족도가 떨어지는 걸 못 견디고,
빠르게 잘 해내야 한다는
압박감을 늘 달고 산다.

여느 날처럼 바쁘게 일하다 문득 깨달았다.
조금 쉬어가며 한다고 나에게

뭐라고 할 사람은 아무도 없다는 걸.

나를 몰아붙이는 마음속 상사는

바로 나 자신이었다는 걸.

중고 검열관들이 쪼르르 앉아 있던 자리에

신입 응원단을 초대하기로 했다.

'성과를 내는 것도 중요하지.

하지만 세상에 계획대로만 되는 일은 없잖아?'

마음속 응원단이 너스레를 떠는 동안

하루쯤 나의 어설픈 모습을 눈 감아 주기로 해본다.

삶의 의미가 절실할 때일수록
우리 생의 이유가 없을 수도 있음을
기억하려 한다.

그렇다고 허무주의에
빠지고 싶지는 않다.

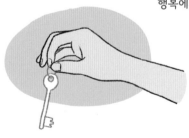

명쾌한 의미가 없기에 손에 잡히는
행복에서 존재의 이유를 찾아본다.

쉽게 손에 넣을 수 있는 행복,
오늘은 달콤한 핫케이크다.

지금 옷장 속이
무슨 색으로 채워져 있나요?

✳

패션 감각이 뛰어난 편은 아니지만
남 눈치 안 보고 좋아하는 취향을
내 스타일에 꼭 반영하려고 한다.

세상에서 제일 예쁜 색이 오직
청록색뿐이라고 생각하던 시기가 있었다.
우울과 무기력이 심하던 때였고,
옷장에도, 그림 속에도 유난히 청록이 많았다.

한때는 도트 무늬에 광적으로 집착한 시기도 있었는데,

취향을 온몸으로 드러내며 다녀서였는지

친구들이 도트 무늬 제품을 발견할 때마다

나에게 제보를 해줬을 정도였다.

강박이 심했던 때라 그랬는지

온전한 동그라미들이 가지런히 정렬된

도트 무늬를 보면 마음이 편안해지곤 했다.

그러다 의식하지 못하는 사이

좋아하는 무늬나 색이 많이 달라졌고

요즘 옷장에는 더 다양한 색과 무늬가 생겼다.

그중에서도 빨강이랑 노랑을 가장 사랑하는 것 같다.

우리의 마음은 고정불변하는 것이 아니다.

Let it be.

오늘 내가 무슨 색을 가장 사랑하든

그저 흘러가게 두려고 한다.

오늘 당신이 가장 사랑하는 색은 무엇인가요?

온 세상이 더 좋은 것을
가지라고 외치지만

나에게 가장 중요한 가치는
마음의 평화.

그것을 지키기 위해
전사처럼
커다란 방패가 필요했다.

명품

슈퍼카

고급 취미

1등

그렇게 지켜낸
마음의 평화가 참 소중하다.

금요일 밤에는
돌려받지 못한 마음이 떠오른다

✳

금요일 밤에는 왠지 쓸쓸해진다.

한때는 그런 결핍감이 비연애 상태에서

기인하는 것이라 여겼다.

이제야 생각해 보니 내게 필요한 건

연애나 결혼 같은 어떤 형식이 아니라

친밀한 관계가 주는 깊은 충족감이었다.

금요일 밤은 왠지 그런 허기가 증폭되는 시간이다.

이유는 잘 모르겠지만.

관계가 깊어질수록 시시콜콜한 일상을
모조리 공유하는 편이다.

(상대가 요청하거나 바라지 않더라도)
문제는 상대방도 나처럼 자신의 일상을
공유해 주기를 은근히 바라게 된다는 것이다.
그러다 그게 잘 안되면 혼자서 상처받고,
간장 종지 만한 자신의 소갈머리에 자괴감을 느낀다.
그리고 누군가와 새로 가까워질 때마다
그 과정을 매번 되풀이한다.

20대의 나는 짝사랑만으로도
마음이 따뜻해지곤 했었는데.
내가 준 만큼의 마음을 돌려받지 못하는 경험이
쌓이면서 내면화된 상처 때문인지,
30대의 나는 어쩔 수 없이 실망하고 만다.

돌려받지 못하는 마음은 누구에게나 아프다.
하지만 나만큼 마음을 열지 않았다고 해서
그게 상대의 잘못은 아니다.

그 사람의 마음은 그의 것이기 때문이다.

돌려받지 못한 마음에 지친 영혼들이여.

우리 약간의 여유를 두고 마음을 주는 연습을 하자.

내가 상처받지 않을 만큼만,

상대가 체하지 않을 만큼만.

나의 마음은 나의 것,

그의 마음은 그의 것.

숲속에서는
숲 을 볼 수 없다

✳

누군가가 나에게 해악을 끼치고 있는지
알아차리는 방법은 하나뿐이다.
그에게서 멀어져 보는 것.

떨어져서 객관적으로 바라보지 않으면
절대 알 수 없는 것들이 있기 때문이다.
숲속에서는 숲을 볼 수 없다.

나를 힘들게 하는 사람에게서 떨어져 보라.

그리고 고요와 평화가 주는 가치를

온몸으로 느껴 볼 것.

혼자서도 괜찮다는 걸, 내가 나를 구하면

세상도 나를 돌본다는 걸 곧 깨닫게 될 것이다.

매일 고요히 걷는 시간이

고단한 하루를 위로해 줄 거예요.

누군가를 멀리서 바라보는 게
더 낫다는 생각이 들 때가 있다.

가까워지고 싶지만 상대의 마음의 크기가
나와 같지 않다는 걸 느끼며

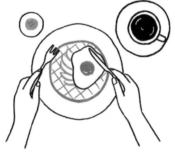

나 자신조차
싫어지는 것보다는

한걸음 뒤에서 바라보는 게
차라리 편할 때가 있다.

그래도

내 일 또 걷 는 것 이 다

＊

만일 당신이 어떤 일에 약간의 시간을 들였다면

그에 마땅한 보상을 기대하게 될 것이다.

거기에 일정량의 돈과 노력을 더 투자한다면

시간이 갈수록 중압감마저 들기 시작한다.

'어떻게 하면 더 잘할 수 있을까' 하는

생각이 당신을 따라붙는다.

전문용어로 '본전' 생각이 난다.

나는 그런 부담감으로 마음이 어지러울 때면 걸었다.

걷고 또 걸었다.

문득 '걷기'에 대해 생각해 본다.
우리가 산책할 때
'어떻게 하면 더 멋지게 걸을까'
'어떻게 하면 더 잘 걸을까'
'어떻게 하면 더 실용적이고 합리적으로 걸을까'
하고 고민하거나 불안감에 시달리지는 않는다.
축지법을 쓰거나 더 요란하고
대단하게 걸을 욕심도 없다.

살면서 정말 많은 시간을 걷지만
걷기에서 만큼은 시간 투자를 한 만큼의
보상을 기대하지는 않는 것 같다. 그래서일까.
걷는 일이 싫증 난 적은 없다.

으레 우리는 삶을 걷기에 비유하곤 한다.
걷는다는 건 생의 많은 일들과 닮았다.
오래 걸었다고 특별히 더 잘 걸어야 하는 것은

아니듯이 어떤 일에 오랜 시간을 들였다고 해서
꼭 잘해야 한다는 법은 없다.

지속을 어렵게 만드는 이유는 늘
'지금보다 더 잘해야 한다는 생각'이다.
외국어를 공부하든, 요리를 연구하든, 글을 쓰든.
마치 걸을 때처럼, 부담감을 내려놓고 온전히
그 행위 자체에 집중할 수 있다면 그게 무엇이든
더 쉽게 꾸준히 지속할 수 있지 않을까.

대단하지 못할 수도 있다.
그래도 내일 한 번 더 하는 것이다.
그래도 내일 또 걷는 것이다.
너무 큰 기대를 갖지 않고
그냥 계속 해나가면 된다.

최선을 다한다고 해서
늘 최선의 결과가 나오는 것은
아니겠지.

그렇기에 우리에게 필요한 건

잘 안될 수도 있음을
겸허히 받아들일 마음과

반드시 잘 될 것이라는
모순된 믿음을 동시에 갖는 일.

진짜
오래 갈 사이

＊

인간관계에서 생기는 서운함은 내가 그 관계를
지키기 위해 들인 노력과 시간에 비례하기에
들인 정성이 큰 만큼 서운함도 커진다.

뒤집어 생각하면 누군가와의 관계에서
더 이상 서운한 마음으로 힘들어지고 싶지 않을 때
당신은 간단히 노력을 그만두면 된다.

서운함이 머리끝까지 차오를 때까지

일방적으로 참고 참다가 결국 관계를 포기해 버렸던
일련의 경험을 통해 깨달은 것이 있다.
조금 덜 노력하면서도 편안하게 유지되어야
진짜 오래갈 사이라는 것이다.

내가 노력을 조금 덜 한다고 해서 끝날 관계라면
애초에 끊어질 관계였을지도 모른다.

놓아야 할 걸 알면서도 확신이 서지 않는다면
마음의 소리를 믿어보자.
관계를 지키려 얼마나 노력해 왔는지
누구보다 당신 자신이 가장 잘 알고 있을테니.

나를 싫어하는 사람을
애써 좋아하려고
너무 오랜 시간을 허비했다.

누군가를 미워하는 나 자신을
인정할 수 없어서
싫은데 좋은 척했다.

좋아하는 사람들하고만
잘 지내기에도 부족한 시간.

안될 인연에 애쓰는 것만큼
부질없는 게 없더라.

무엇도 중요하지 않다고
느껴질 때

✳

목표를 향해 쉼 없이 달려가다가도
끝이 보이지 않아 숨이 턱 막혀버릴 때가 있다.
문득 멈춰 서면 이게 다 무슨 소용인가 싶다.
너 무엇을 위해 이렇게 달리고 있니?
자꾸, 오래 물으면 답을 내릴 수 있을 줄 알았지만
수년째 제자리만 뱅뱅 도는 느낌.

내가 답을 찾든 말든, 내가 멈춰 서 있을 때도
세상은 돌아가고 시간은 현재에서 미래로

쉬지 않고 흐른다.

이제는 어렴풋이 알 것 같다.

삶이 끝날 때까지 이렇게 헤매겠구나.

'이것이 가장 중요해'와

'무엇도 중요하지 않아' 사이를 오가는 날들.

이 과정의 반복이 나의 삶이겠구나.

결국 계속해 나가는 수밖에 없겠구나.

그러니 목표나 계획을 세울 때

조금은 더 유연해져도 되지 않을까 싶다.

완벽히 지키지 못하더라도

지속해 나가는 것에 의미를 두고.

목표는 작게, 꿈은 원대하게.

자유롭고 안정적인 삶이란
심플하면서 화려한 시안 같은 것

✳

햇수로 7년간의 프리랜서 생활에
마침표를 찍고 취직을 했다.
1년 뒤 내 모습을 전혀 예측할 수 없는 하루하루가
어릴 때는 재미있었지만, 그런 생활이 누적되고
나이를 먹어감에 따라 불규칙한 삶이 버거워졌다.

자유롭지만 불안한 삶보다는
불편하지만 안정적인 삶을 살기로 선택했다.
('그렇다면 과연 직장인의 삶은 안정적인가'에 대한

한 차원 깊은 고민은 일단 논외로 하자)

매일 규칙적인 시간에 일하고,

회사 밖이라면 마주칠 일 없었을 부류의

사람들과 웃으면 밥을 먹는다.

자본주의적 미소와 리액션 장착은 필수다.

회사 생활을 하며 뜻밖의 좋은 점도 많았다.

일단 불면증이 사라졌고

(너무 피곤해서 누우면 30분 안에 잠든다),

규칙적인 식사를 한다.

무엇보다 카드 값이 나가는 날이 덜 무서워졌다.

그건 회사 생활에 따르는 모든 부조리를

버티게 해주는 보상이었다.

물론 잃은 것도 있다.

새벽에 하던 감성적인 생각들,

점심 메뉴를 선택할 자유,

듣고 싶지 않은 이야기를 듣지 않을 자유 같은 것들.

그리고 단순한 생활 덕에 생각이 줄어든 것은
장점이자 단점이 되었다.
마음은 편해졌지만, 글 쓰는 작가로서는
소재가 많이 줄었기 때문이다.

총평을 하자면 그럭저럭 나쁘지 않은 삶이다.
프리랜서 7년 동안 마음 한편이
'불규칙한 수입'이라는 쇠사슬에 묶여 있었다.
반대로 지금은 몸은 회사에 묶여 있어도,
프리랜서일 때보다 불안이 줄어서인지
마음은 더 편안하고 자유롭다.
자유란 형태의 문제가 아니라
마음 상태에 따르는 것이었구나.

때로는 불안이 있던 자리에 깃든
편안함이 익숙하지 않아 부대끼기도 한다.
이렇게 지내도 괜찮은 걸까.
이대로 영원히 안주하게 되면 어쩌나 싶어
불안감에 휩싸이기도 한다.

그러다 곧 퇴근 시간을 지나고도 늘어지는

상사의 잔소리가 안도감을 준다.

'여기에 눌러앉을 일은 없겠구나.

결국 이곳에서도 다시 떠나겠구나.'

쓸모 없는 경험은 없어요.

어떤 일을 한다는 건 나아가고 있다는 뜻이에요.

'왜 이렇게 힘들게
애쓰며 살아야 할까?'
싶은 날에는

고통의 평범성에 기대본다.

'사람 사는 게 다 그렇지.'

‘내 문제만 특별한 게 아닐 거야.
힘내보자.’

지금 이대로의 내가
괜찮다고 느끼게 해주는 사람

＊

적당히 친한 사이에서
좀 더 친밀한 관계로 넘어가는 단계에서
종종 유기 불안을 느낄 때가 있다.
알 수 없는 이유로
상대에게 버림받을 것 같은 불안을 느끼고
왠지 거리를 두게 된다.

그렇게 뚜렷한 이유 없이
나를 불안하게 하는 사람이 있는가 하면

이상하게 그냥 편한 관계도 있다.

만나서 온종일 헛소리를 하다 집에 돌아와도
'내가 오늘 쓸데없는 말을 너무 많이 했나?' 같은
걱정이 들지 않는 사람.
마지막 메시지를 '읽씹'하거나 '안 읽씹'해도
서로가 서운하지 않은 사이.
자주 연락하지는 않아도,
지나간 인생의 모든 부분을 공유하지는 못했어도
현재를 나누는 데 어려움이 없는 사람.

가끔은 내가 실수하거나 서툴러도
곁에서 사라지지 않을 것 같은 사람.
지금 이대로의 내가 괜찮다고 느끼게 해주는 사람.

그런 사람과 있을 때 나는 '지금 여기'에
온전히 머무는 것 같다.
그런 사람이 인생에 딱 한 명만 있어도
성공한 인생 아닐까.

세상 어떤 일보다
마음대로 되지 않는 게
사람 마음이라서

안될 인연을 붙잡는 건
시간 낭비더라.

이제는 멀어지는 인연을
애써 붙잡지 않고

다가오는 인연에
감사하며 살기로 했다.

Chapter 4

더 자유로운 내일을 위해

"세상을 있는 그대로 바라보며 살아가고 싶다."

항상 성공할 수만은
없더라도

✳

나이를 먹을수록 안되는 일에

빠르게 애정을 거둬버리는 자신을 발견하게 된다.

한때는 모든 일에는 노력한 만큼의

결과가 따를 거라 믿었다.

이제는 노력한 만큼 기대하던 결과가

따르지 않을 때도 있는 게 인생임을 깨달아 간다.

살다가 원하던 일에 실패하고 나면

현실적 한계를 인정해야 하는 슬픈 순간이 온다.

그래서 어떤 사람들은 그게 두려워
도망칠 여지를 남긴다.
최고가 되지 못할 거라면 차라리
시도하지 않는 게 낫다고 생각하고,
노력할 여지를 미리 거두어 버리는 것이다.
그렇게 행복한 이인자의 기회마저 포기한다.

그러나 우리가 정말 두려워해야 할 것은
훗날 최선을 다해보지 않은
과거의 나를 탓하며 아무리 후회해도
시간을 다시 되돌릴 수는 없다는 사실이다.

건강한 자존감 형성에는 성공의 경험 못지않게
적절한 좌절의 경험 역시 꼭 필요하다.
안전한 환경에서 건강한 좌절을 경험하며
성장한 사람은 실패를 극복하기 위해
다시 도전하기를 두려워하지 않는다.

인생이 늘 우리가 노력한 만큼의

공평한 보상을 가져다 주지는 않는다.
'나는 이만큼 노력했으니 반드시 좋은 결과를
얻어야만 해' 같은 마음에 갇혀 버리면
또 다른 좋은 기회를 놓칠지 모른다.

우리가 알아야 할 건
노력이 우리가 기대한 결과를
가져다 주지 못할 때조차
적어도 그만큼의 경험치는 남긴다는 사실이다.

항상 성공할 수는 없지만
우리는 이미 들인 노력을 딛고 선 채로
다음 시도를 시작한다는 것을
기억한다면 말이다.

우리 모두 개인의 역량이 다르기에

'최선을 다했어'라는 말에는
기준점이 없다.

자신의 기준으로
최선을 다했으면 그걸로 되었다.

어쩌겠어~
받아들여야지.

최선을 다하고도 어쩔 수 없는 일은
어쩔 수 없는 것.

현실보다
무서운 상상

＊

오랫동안 고치고 싶었던 악습관이 있었다.
바로 자기 전 이불 위에서 간식을 먹다가
잠드는 버릇인데, 그런 버릇이 십여 년 이상 지속되니
어느 시점에는 간식을 먹지 않으면 잠이 오지
않을 것 같은 강박이 생기는 지경에 이르렀다.

그러다 우연히 어느 팟캐스트에서 장수하는 비법을
소개하는 이야기를 듣게 되었는데, 몇 가지 방법 중
'간헐적 단식'이라는 것에 홀린듯 꽂혀버렸다.

그리고 그때부터 이 글을 쓰고 있는 지금까지
1년 넘게 지속하고 있다.

흥미로운 점은, '자기 전에 간식 먹는 버릇을
고쳐야 해'라고 생각했을 때는
식욕을 참기가 너무 힘들었지만
'나는 지금 간헐적 단식 중이야'라고 생각하니
신기하게도 쉽게 간식의 유혹을 끊어낼 수 있었다.

누군가에게는 사소한 일이겠지만
나에게는 오래되고 견고한 부정적 믿음이
와장창 깨진 역사적인 순간이었다.
십수 년간 절대 고칠 수 없다고 강하게 믿었기에
단순히 습관을 고친 것 이상의 큰 의미였다.

어쩌면 떼어낼 수 없다고 믿고 있는
우리의 부정적인 면들이 다 사실은 아닐지 모른다.
절대 못 할 것 같았던 일을 해내고 나니
그동안 할 수 없다고 생각했던 다른 일들도

'사실은 할 수 있는 거 아닐까?' 하는 긍정적인
의심이 들기 시작했다.

'나는 절대 못 할 거야' 같은 생각이 떠오를 때마다
끊임없이 의심하고 대항하며 살기로 했다.
포기는 그렇게 여러 차례 더 싸워보고
그 후에 해도 늦지 않으니까.
만약 그렇게까지 해보고도 안 되는 일이라면
그때는 좀 더 홀가분하게 놓아줄 수 있을 테니까.

아무리 사소하더라도
오랜 습관을 바꾸는 건
쉽지 않은 일이다.

늦잠 마니아였던
지난날의 나···

처음에는 절대 못할 것 같다는 생각이
시작을 가로막았다.

그러나 1년 정도
새로운 루틴을 지켜나가며
깨달은 것이 있다.

중간중간 못 지킨 날도 있지만
간헐적 단식 1년째
꾸준히 유지 중!

언제나 현실보다 더 무서운 건
'넌 절대 할 수 없어' 같은
상상의 목소리라는 것이다.

60초, 60분, 24시간,
365일

✳

겨울날 공원을 산책하다가
얼음물 속에 말라붙은 연꽃을 바라보았다.
지금은 죽어 있는 것처럼 보여도
봄이 되면 언제 그랬냐는듯 다시 피어나겠지.

식물들이 계절에 적응해 피고 지기를 되풀이하며
봄이면 어김없이 다시 싹을 틔우듯이
우리네 삶도 수많은 반복으로 이루어진다.
60초, 60분, 24시간, 365일, 4계절.

그리고, 처음부터 다시 시작….
세상에 부딪히고 깎이며 매일을 나아간다.

나도 꽃처럼 묵묵히 앞가림을 하고 싶은데.
변화는 두렵고, 일터에서의 하루하루는 더디기만 하다.
그러나 막상 적응해야 할 변화도 없고,
규칙적으로 반복되는 패턴도 없는 삶이 펼쳐진다면
얼마나 지루하고 불안할까.

흔들리는 바람에 몸을 맡기고
순간을 살기를 반복해 나가는 것이
어쩌면 삶의 본질이 아닐까.

봄이 되면 다시 고개를 내밀어 줄 꽃을 기대하며
나도 오늘을 살아 나가야지.

적어도 사람답게

살고 싶기 때문에

✳

최근 몇 년간은 일에 대한 간절함이 컸기에

업무 효율성에 집착하게 되었다.

평소 행동이 느릿느릿해서 뭘 하든

남들보다 두세 배 더 시간이 소요되니

하루 중 어디서든 시간을 줄여야 했다.

잠을 줄이는 건 도저히 불가능했기에

먹는 시간을 아끼기로 했다.

음식을 씹는 시간이 아까워서

거의 매 끼니마다 곡물 셰이크를 먹었다.

화장실을 자주 가지 않기 위해

물도 잘 마시지 않았다.

몇 해를 그렇게 지내니

내가 먹고 싶은 게 뭔지조차

모르는 사람이 되어 있었다.

나에게 식사란, 생존을 위해 영양소를

보충하거나 매운맛으로 스트레스를 푸는 것

이상의 의미가 없어졌다.

한창 바쁠 때는 밥을 먹었는지, 안 먹었는지도

기억이 나지 않아서 배에서 꼬르륵 소리가 나면

곡물 셰이크를 들이붓는 식이었다.

이건 사람다운 식사가 아니라는 생각이 들었다.

최근에는 끼니를 거르며, 밤을 새워 가며,

주말까지 일해야 할 정도로 마감이 급한

업무는 맡지 않으려고 한다.

적어도 사람답게 살고 싶기 때문이다.

오늘은 식재료를 손으로 직접 씻고,
또각또각 도마 위에서 나는 소리를 가만히 들어본다.

이 각박한 하루하루 사이에도
인간으로서 누려야 마땅한 여유를
잊지 않기 위해.

내가 나를 대접해야 한다는 사실을
언제나 잊지 말아요.

어쩌면 삶의 진실들은 실은 아주 단순하고
사소하며 하찮은 것들로 이루어져 있을지 모른다.

만약 그렇다 해도 나는 그것들을
늘 좀 더 복잡하고 다정하게 바라보기를 좋아한다.

적어도 우리네 생과 사에
그저 먹고사는 것 이상의
무언가가 있다고 믿기 때문이다.

불안이
너의 나침반이 될 거야

✳

예전에 작업해 놓은 글이나 그림을 보면
그 수준이 부끄러워 손발이 움츠러들 때가 있다.

나의 형편없는 과거의 결과물을
마주한다는 건 괴로운 일이다.
하지만 반대로 생각해 보면
그건 지금 나의 보는 눈과 실력이
더 높아졌음을 의미한다.

100퍼센트 만족스럽지 않기 때문에

더 나아가야 할 방향을 찾을 수 있다.

현재의 내 모습이, 내 상황이

만족스럽지 않다면 떠올리자.

그 불완전함과 불안이 나를

더 나은 곳으로 이끌어 주리라는 것을.

지난 일은 실패가 아니에요.

거기서부터 다시 시작할 수 있으니까요.

익숙하다는 게
꼭 좋아한다는 뜻은 아니야.

좋아한다고 해서
익숙해질 수 있는 건 아니듯이.

뭘 그렇게
복잡하게 생각해

✳

'뭘 그렇게 복잡하게 생각해?'
누군가에게 고민을 털어놓을 때면
종종 듣는 말이다.
공감은커녕 핀잔까지 들어가며
내 사정을 그렇게 말하고, 또 말했다.
모두에게 이해받고 싶은 마음이 컸던 것 같다.
뚜렷한 결론이 나오지 않더라도
그냥 말하는 것만으로도,
누가 들어주는 것만으로도 후련하기도 했고.

나이가 들면서 '제대로 된 공감'에 대한

기대 수준이 높아져서일까.

아니면 남들보다 생각이 많아서일까.

대부분의 대화가 겉돈다는 느낌을 받는다.

누구에게도 잘 하지 않던 깊은 얘기를

꺼냈다가 제대로 된 공감을 받지 못하면

되레 내가 이상한 사람인 것 같은

기분만 남기도 하니까.

요즘은 한두 번 대화를 해보고 생각하는 방식이나

공감의 범위가 아주 다르다 싶으면

더 깊은 대화는 일찌감치 단념한다.

이제는 모두에게 이해를 바라지 않는다.

이해해 주면 고맙고, 이해 못 해도 어쩔 수 없고.

말을 아끼는 그런 시기도 때로는 필요하니까.

엎드려 절받기
싫어하는 나지만

받을 것 못 받고
내내 서운할 것 같으면

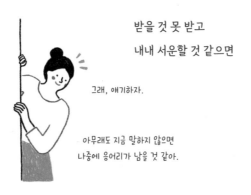

차라리 엎드리든
구르든 찌르든 해서라도

많이 속상했구나.
말해줘서 고마워.

토닥토닥

받을 건 받고 넘어가자.

결혼하고 싶은 사람이
없어서요

＊

얼마 전 친척 어르신을 오랜만에 찾아뵈었을 때의 일이다.

내 얼굴을 보시더니 대뜸

"넌 결혼 안 하냐!"라는

호통으로 인사를 대신하셨다.

"결혼하고 싶은 사람이 없어서요"라고 답하니,

"네가 뭐 잘났냐?!"라고 또 호통을 치셨다.

(과장 같겠지만 토씨 하나 안 틀리고 직접 들은 이야기)

하고 싶은 말이 많았지만

편찮으신 어른 앞에서 논쟁을 하고 싶지 않았다.

그렇다고 그냥 넘기기에는 마음에 상처가 남을 것 같아

"네, 저 잘났는데요"라고

최대한 공손한 목소리로 대답했다.

그러니 이번에는,

"너무 따지지 말고 돈 많은 남자한테 가"라고 하셨다.

더 이상의 대화가 의미 없다는 것을 깨달은 나는

적당히 미소를 지으며

더 이상 말 걸지 말아 달라는 눈빛이 전달되기를

바라며 입을 다물었다.

21세기에 들을 거라고는 예상치 못한 충격적인

대화가 오고 나서 나는 한동안 황당해했다.

이런 대화가 내 결혼관이나 자존감에 크게 영향을

미치지는 않겠지만 당연히 상처는 남는다.

무례한 말이기 때문이다.

사회에서 도가 넘게 무례한 사람을 만나면

나는 대개는 서서히 손절하는 편이다.
하지만 거래처 사람도 아니고
이 정도 일로 친척과 손절을 할 수도 없고
매번 내 생각을 구구절절 설명하고 상대를
납득시키기는 또 너무 피곤하다.

살아가다 보면
내가 원하는 상황에서
내가 원하는 사람만을 만날 수는 없다.
특히 가족은 선택할 수 없는 관계이기에
더욱 조심해야 하고 서로 간의 배려가 필요하다.

아무리 가까운 혈연관계라고 해도
내 시간과 에너지를 들여가며 서로 상처가 되는
관계를 지속하기는 어렵다는 생각이 든다.
결국 내가 할 수 있는 최선의 선택은
거리를 두는 것뿐인 걸까.

오래 봐야 하는 가까운 사이일수록

무심코 상처 주지 않도록 조심할 것.
그게 어렵다면 만남의 빈도를 줄이고
관계를 한층 느슨하게 맺어볼 것.
이게 내가 내린 하나의 결론이다.

살아생전 몇 번을 더 뵐 수 있을까.
그사이에 서로 상처받지 않을 수 있을까.

서로에게 익숙해질수록
약간의 거리가 필요할지 몰라요.

일에서
자유로워지는 법

✳

인문계 고등학교에 다니면서 반에서 유일한
'예체능 하는 애' 역할을 담당하는 동안
덤으로 따라온 건 '난 특별해'라는 감각이었다.
또래 아이들과는 다른 무엇이 있다는 생각,
정체성과 자아를 찾고자 했던 마음이
고통스러운 학창 시절을 버티는 동력이 되었다.

그러다 그 감각이 엇나가
'나는 특별해야만 해. 그래야만

존재할 이유가 있는 거야'에 이르자

많은 것이 힘들어졌다.

특히 사회생활을 하며 마주하는 수많은

의견 조율 상황이 괴로웠다.

내 의견이 조금이라도 잘못 전달되어 오해를 받으면

안 해도 될 말까지 꼭 해야 직성이 풀렸고,

내 가치가 훼손된다고 느끼면

사소한 일도 참을 수 없었다.

왜냐? 나는 내가 너무 소중하고 특별하니까.

나는 이런 대접(?)을 받아서는 안 되는 사람이니까.

일하며 겪는 부당한 상황,

선택권을 제한당하는 상황이 싫어 어떻게 하면

일을 더 자유롭게 할 수 있을지 끊임없이 고민했다.

그런데 질문부터 잘못되어 있었다.

내가 바라는 자유가

'특별하다는 느낌을 받는 상황'으로

한정된다면 굴레는 끝나지 않을 터였다.

난 무슨 짓을 해도 자유로워질 수 없었다.

직급이 아무리 높아지고 더 많은 돈을 벌고,

권력의 최상위층으로 간다고 해도

모든 일을 오롯이 내 의지대로 할 수 있는

직업 같은 건 세상에 없기 때문이다.

어떤 일을 하더라도 온전히 내 자유를 누릴 수는 없다.

결국 중요한 건 자유의지가 아닐까.

그때그때 닥치는 상황에서

최소한의 자유의지를 실행하며 사는 것이다.

누구도 나에게 반박하지 못하는 상황에서만

갑이 될 수 있는 게 아니라,

어떤 상황에서든 당당할 수 있는 태도를 갖춘다면

내가 무엇이 되든, 무엇이 되지 않든

조금 더 자유로울 것이다.

공감 능력이 정신건강에 해롭다고
느껴질 때가 있다.

나를 힘들게 하는 누군가의 입장마저
이해될 때가 그렇다.

개도 그럴만한
사정이 있겠지…

가끔은 지나친 공감이
문제를 괜히 복잡하게 만든다.

이해되는 일이라고 해서
전부 이해할 필요는 없다.

불편한 진실을
듣고 싶은 사람은 없다

✳

민감한 주제를 직설적으로 말하는 걸
쿨한 행동이라고 잘못 생각하던 때가 있었다.
솔직하고 쿨한 나에 취해서
불편한 진실을 직설적으로 표현하곤 했다.

그런데 아무리 좋은 내용이라도 지나치게
직설적인 화법은 듣기 불편하다는 게
또 하나의 불편한 진실.
안 좋은 내용의 말도 표현만 완곡하게 돌리면

사람들은 대부분 더 쉽게 받아들인다.

우리는 누가 나에게 진실을 말해주는 사람이고,
누가 입에 발린 소리를 하는 사람인지 알고 있다.
문제는 머리로는 잘 알면서도 가슴으로는
사실을 그대로 받아들이고 싶지 않다는 것.
그러니 내가 하고 싶은 말을 직설적으로 다 하고
이해까지 바라는 건 지나친 욕심이다.

누군가에게 진심 어린 조언을 하고 싶을 때
한 번만 입장 바꿔 생각해 보자.
똑같은 말을 내가 들었을 때 어떤 기분일지.

좋은 건 알지만 뻔한 말들을
별로 좋아하지 않는다.

'시련에 흔들리지 말고
단단해져라' 같은 종류의.

하지만 뻔한 문장에도
진심이 담겨 있다면 그 말은 힘을 갖는다.

뻔한 응원이
듣고 싶어지는 날이 있다.

진실한 이해와 공감을 곁들인.

너는 나를
더 이상 아끼지 않는구나

✳

어른의 관계는 때로 솔직하지 못하다.

누군가와 관계를 끝내고 싶을 때,

'너에게 실망했어. 너를 더 이상 보고 싶지 않아'

같은 잔인한 말로 끝을 맺는 일은 웬만해서는 없다.

그 대신 문자에 답장을 최대한 늦게 한다든지

약속을 차일피일 미룬다든지 하며

상대가 대충 내 마음을 눈치채기를 바란다.

'일이 너무 바빠서', '사정이 있어서' 같은

하얀 거짓말로 몇 번 둘러대면 메시지 전달 완료다.

우리는 그것을 '사회성'이라고 부르기로 했다.

이런 시그널을 전달받았을 때

우리는 직감적으로 알게 된다.

'그는 이제 나를 아끼지 않는구나.'

나를 아끼지도 않으면서 들러리 격으로,

혹은 경조사에 부를 리스트에 한 사람 더 남겨두어

나쁠 것이 없어서 그냥 옆에 둘뿐이라는 걸.

언제부턴가 그런 관계들을

하나둘 정리하기 시작했다.

상대가 느끼기에는 갑작스러울 수도 있고,

제삼자가 보기에도 내가 너무 쉽게 관계를

놓아 버린다고 보일 수도 있다.

안 그래도 넓지 않은 인맥을 이렇게 추리다 보면

혼자가 되어 버리는 건 아닐까 하는 걱정도 든다.

그런데도 내려놓을 수밖에 없는 이유는

그런 관계를 붙잡아 두어도

나에게 남는 것은 결국 공허뿐이었기 때문이다.

그 헛헛함이 나를 삼켜버리기 전에

무언가 해야만 더 이상 아프지 않을 테니.

외로울지언정 공허해지고 싶지는 않으니까.

나를 다치게 하면서

지켜야 하는 관계는 놓아주기로 해요.

누군가와 마음속 깊이 교감하는
공감의 대화를 나누었을 때.

미래에 대한 희망으로
의욕이 솟구칠 때.

나의 세계는 충만감으로
가득 채워지곤 해.

삶에서 중요한 건
사람과 희망인가 보다.

다 스쳐 지나갈
사람들이다

✳

일러스트 작업을 했던 책이 베스트셀러에 오르면서
오래 연락이 뜸했던 지인들에게서 하나둘 연락이 왔다.
원래는 나를 편하게 대했던 사람이 갑자기
전과 다르게 저자세를 취하기도 했고
지나치다 싶게 챙겨 주기도 했다.

그들과의 연락이 다시 뜸해지는 데에는
그리 오랜 시간이 걸리지 않았다.
책의 유명세가 잦아들자 자연스럽게

연락이 줄기도 했고, 혹은 내 쪽에서 먼저
절연하게 된 관계도 더러 있었다.
지금의 나와 이전의 나는 같은 사람인데
나의 성취에 따라 돌변하는 사람들의 태도에
씁쓸함과 회의를 느꼈기 때문이다.

당신이 잘나갈 때 그 앞에서 저자세를 취하고
지나치리만큼 당신을 챙겨주는 사람에게
너무 정을 두지 않았으면 한다.
그리고 그런 사람과 관계가 끊겼다고 해서
세상을 너무 염세적으로 볼 것도 없다.
어차피 지나갈 사람은 지나가기 마련이다.

다만 당신이 어떤 상황에 처해 있건
한결같은 태도를 보이는 사람들에게는
애정을 아끼지 말 것.
당신이 진짜 힘들 때 옆에 남을 사람은
그런 사람들일 테니까.

나이가 드니

지나치게 감정적인 사람을
상대하기도 힘들고

감정을 쓰는 것도 힘이 든다.

감정을 조금만 사용하고
싶을 때가 있다.

사진을 남기는
이유

✳

대학을 갓 졸업하고 사는 게 너무 막막하게
느껴지던 20대에 알고 지내게 된 친구가 있다.
그녀를 가장 최근에 만난 건,
알고 지낸 지 6년쯤 된 어느 날이었다.

오랜만에 만나 같이 찍은 사진을 들여다보니
우리의 얼굴에는 세월의 흔적이 고스란히
녹아 있었지만, 표정은 훨씬 더 평온해 보였다.
사진 속에 웃고 있는 내 모습이 자연스럽게 느껴졌다.

이래서 사람들이 사진을 남겨두는 거구나.

'그땐 그랬지' 하며 사진 속 지난 시간을
곰곰 돌아보고 있자면
전보다 나아진 부분이 반드시 하나씩은 나온다.

이렇게 만날 때마다 좋은 이야기
하나씩 늘려가다 보면
이번 생도 한번 살아볼 만하구나 하겠지.
다음에 만났을 때는 더 좋아집시다, 우리.

돈, 사랑, 자유 중에
제일은

＊

학창 시절 꼭 미대에 가고 싶다는 생각을
하게 된 결정적인 장면이 두 가지 있다.

그중 한 장면은 홍대 앞 삼거리에서 시작한다.
술집과 맛집이 즐비한 대로변 반대쪽으로는
입시 미술학원 거리가 있다.
그 거리를 매일 오가며, 가끔 내가 다니던 학원의
보조 강사 선생님을 마주치는 날이 있었다.

당시에 대학생이던 선생님은 도로 옆 건물 화단 위에
양반다리를 하고서 멍하니 앉아 있곤 했다.
어린 눈에는 그게 왜 그렇게 멋져 보였는지.
그의 의도와는 상관없을지 모르지만
나에게는 그 모습이 마치 '당신들의 시선 따위는
신경 쓰지 않는다'는 상징적인 몸동작 같았다.

또, 어느 날에는 학원 수업을 마친 후 밤 열 시쯤
집으로 돌아가는데 역시 홍대 정문 앞 삼거리
횡단보도에서 거나하게 취한 사람이
'저 오늘 생일이에요!' 하고 소리를 질렀고,
파란불로 바뀌기를 기다리던 낯선 사람들이
갑자기 다 함께 물개박수를 치며 축하해 주었다.
지금 돌이켜보면 그저 취한 젊은이들이었는데
왠지 모르게 굉장히 자유로워 보였다.

그런 이미지를 마음에 그리며
미대에만 가면 막연히 자유롭고
멋진 삶을 살게 될 거라고 꿈꿨다.

지금 생각해 보면 순진하기
그지없는 의식의 흐름이다.

다만 이 일화를 통해 말하고 싶은 건
그때나 지금이나 나에게 최상의
가치는 '자유'라는 것이다.

돌아보면 일을 하고, 공부를 하고, 누군가를
만나고 헤어졌던 모든 지나온 선택의 이유는
다 '자유'를 위해서였다.
일을 하고 돈을 버는 이유도
돈이 자유를 얻기 위한 수단이 되기 때문이다.
시간적 자유, 만나고 싶지 않은 사람을 만나지 않을
자유가 내가 돈을 벌어 얻고 싶은 것이다.

지나온 삶에서 했던 선택을 따라 기억을 더듬어보고
그 선택의 이유를 가만히 살펴보자.
무엇이 수단이고, 무엇이 목적인지.

돈, 사랑, 자유 중에

당신에게 가장 중요한 가치는 무엇인가?

무엇에도 구애 받지 않는다면

가장 먼저 하고 싶은 일은 뭔가요?

- 왜 앞으로 나아가야 하죠?

- 길이 있으니까 걷는거야.

- 길이 없으면요?

- 없으면 만들면서 걷는거지.

누구도 당신에게
공감을 빚지지 않았다

✳

이따금 나를 온전히 이해하지 못하는
타인에게 실망할 때가 있다.
아무리 오래 보고 가까운 사이라고 해도
조금 더 진심을 담아 이해하려고 노력할 수 있을 뿐.
내 인생의 자잘한 맥락과 역사를 온전히
이해할 수 있는 사람은 나뿐인 건데.

공감 능력이 마치 인간관계론 필수과목처럼
이야기되는 사회 분위기 때문일까.

가족이라는 이유로, 친구라는 이유로,

연인이라는 이유로 서로에게 과도한

이해를 바라고 서운할 때가 있다.

그런데 한번 거꾸로 생각해 보자.

나를 100퍼센트 이해할 수 있는 타인이 없듯이

반대로 나 역시 타인에게 100퍼센트의

이해나 공감을 해주기는 어렵다.

즉, 나도 당신도 살면서 한 번쯤은 누군가에게

의도치 않게 실망감을 남겼을지 모른다는 말이다.

그러니 행여 나만 상대를 이해한다는

생각에 억울해할 필요도 없고,

100퍼센트의 공감을 기대하다 실망하지 않는 편이 낫다.

우리는 서로에게 공감을 빚지지 않았으니까.

달콤하고 화려하지만
입에 발린 소리보다는

진심이 담긴 공감의 말
한마디가 절실한 날이 있다.

'너도 많이 힘들었겠네.'

그렇게 마음이 충전되면
또 다른 이에게
공감해 줄 수 있으니까.

그렇게 우리의 하루는
조금 더 따뜻해진다.

있는 그대로 바라볼
자유

✳

나이가 들수록 자연스러운 게 좋아진다.
자연스럽다는 건 무언가를 꼬아보지 않고
있는 그대로 바라보는 것이다.

어릴 때는 겉으로 보이는 내 모습을
인위적으로 지어내려 했고,
세상을 비뚤어진 시선으로 바라보기도 했다.

'저 사람은 착한 척을 하네.'

'감성적인 척을 하네.'

'있어 보이려고 하네.'

이렇게 가시 돋친 생각을 하며 살면

사람 마음이 참 뾰족해진다.

뾰족한 마음으로는 볼 수 있는 세계도 좁다.

무언가를 꼬아 보지만 않아도 대상을

다양한 시선으로 볼 수 있는 자유를 얻는다.

싫어하기만 하던 게 어느 날은 좋아지기도 하고,

무엇이든 조금만 느슨하게 바라보면

좋은 기분을 느낄 선택지가 더 많아진다.

세상을 있는 그대로 볼 줄 아는 시선은 곧 자유다.

작고 보잘것없는 마음으로부터 나를 구해줄 자유.

혼자만 다르다고 해서
네가 이상한 게 아니야.

너는 리미티드 에디션이니까.

You're special!

나의 하루를 산책하는 중입니다

초판 1쇄 발행 2023년 8월 31일

지은이 댄싱스네일

발행인 이재진
단행본사업본부장 신동해 **편집장** 김경림
책임편집 김하나리
디자인 *studio* weme
마케팅 최혜진 백미숙 **홍보** 반여진 허지호 정지연
제작 정석훈

브랜드 웅진지식하우스
주소 경기도 파주시 회동길 20
문의전화 031-956-7350(편집) 031-956-7129(마케팅)
홈페이지 www.wjbooks.co.kr **인스타그램** www.instagram.com/woongjin_readers
페이스북 www.facebook.com/woongjinreaders **블로그** blog.naver.com/wj_booking

발행처 ㈜웅진씽크빅
출판신고 1980년 3월 29일 제406-2007-000046호

ⓒ 댄싱스네일, 2023
ISBN 978-89-01-27436-2 (03810)